CATALOGUE

Aquarelles
et Dessins rehaussés

Œuvres inédites de CARDONA

DONT LA VENTE AURA LIEU

Le Jeudi, 10 Novembre 1904, à 3 heures 1 2
HOTEL DES VENTES, SALLE N° 10

M. Georges Bottolier

M. F. Marboutin

Atelier Cardona
Le Mercredi
9 Novembre
1904

IMPRIMERIE SPÉCIALE

DE ART & CURIOSITÉ

22, RUE DES MARTYRS

ATELIERS ED. LASNIER

37, RUE ST LAZARE

TÉLÉPHONE 259-74

CATALOGUE

DES

Aquarelles

et Dessins rehaussés

Œuvres inédites de CARDONA

dont la vente aura lieu

Le Jeudi, 10 Novembre 1904, à 3 h. 1/2

HOTEL DES VENTES — SALLE N° 10

<table>
<tr><td>COMMISSAIRE-PRISEUR</td><td>EXPERT</td></tr>
<tr><td>Mᵉ Georges BONNAUD</td><td>M. F. MARBOUTIN</td></tr>
<tr><td>23, Rue Le Peletier, 23</td><td>3, Passage des Petites-Ecuries</td></tr>
</table>

Exposition publique le mercredi 9 Novembre 1904
de 2 heures à 6 heures

CONDITIONS DE LA VENTE

Elle sera faite au comptant.

Les acquéreurs paieront dix pour cent en sus des prix d'adjudication.

Le droit de reproduction des aquarelles et dessins est formellement réservé.

PRÉFACE

C'est un jeune, un de ces jeunes qu'on attend à l'œuvre, de qui l'on apprécie le talent déjà formulé, et qui déjà pourtant à fait ses preuves, un de ces jeunes, que la prudente critique dédaigne parce qu'ils n'ont pas encore, dans le Landerneau parisien, fait un suffisant tapage. La nature de Cardona n'est point d'organiser d'habiles réclames. Il travaille et se satisfait d'une honnête besogne quotidienne sans y ajouter les visites, les démarches et les humiliations près des oracles du goût actuel. Il est, sur ce point, resté le fier enfant d'Espagne qui se fit tout seul, et qui, un matin, partit courageusement de la maison paternelle vers l'improbable gloire dont rêvent les artistes-nés. On le vit arriver à Barcelone, portant pour tout bagage la parole d'adieu des siens : « Tu sais, lui avait-on dit, c'est là une grosse aventure. Nous ne pouvons t'aider. Tu vas faire un métier difficile. Le métier difficile commença au premier jour. Il connut les heures noires, mais jamais les heures désillusionnées. Barcelone fut pour lui un foyer d'initiation ardente où, tôt, il sut faire la part de ce qu'il pouvait apprendre de vérités fondamentales, et écarter de préjugés scholastiques. Et quand il eût, là-bas, acquis mieux qu'un métier, presque déjà une maîtrise, il partit avec quelques titres honorifiques, un diplôme de bon élève, pour élargir son domaine et respirer d'autres atmosphères. Paris fut son but.

Il en avait entendu vanter, de loin, le perpétuel enseignement, par le spectacle de la rue, par la leçon des musées, par la circulation des idées. Il voulut voir et comprendre. Et, ici encore, il lui fallut recommencer le dur apprentissage. Mais, si l'on peut dire, c'est en travaillant plus passionnément qu'il se reposa de ses efforts plus grands, de ses fatigues plus exténuantes. Encore qu'il n'eût pas toujours le goût de rire, et que la vie lui fût maintes fois hostile, c'est d'un doigt léger qu'il vint frapper aux portes où il savait que son art pouvait trouver asile... et le reste. Le *Rire*, la *Vie en Rose*, l'*Indiscret*, le *Journal amusant*, l'*Assiette au beurre*, la *Caricature* publièrent de lui, tour à tour, des fantaisies où le dessin s'affirmait comme volontaire et précis, où l'invention se renouvelait à souhait. Les types de son pays lointain, — mais non oublié, — renaissaient sur son papier et cela plaisait, et le faisait estimer peu à peu à sa réelle valeur.

Une occasion surgit de briguer une gloire et d'ajouter aux besognes quotidiennes une œuvre qui le fit distinguer par un plus grand nombre. Un industriel ouvrit un concours d'affiches. Cardona, avec près de mille artistes, s'essaya à composer, pour exalter les vertus du Byrrh, une allégorie expressive.

Et, *ex-æquo* avec Mlle Dufau, il obtint le prix.

Des maîtres comme Cheret, Jean-Paul Laurens, membres du jury, avaient su discerner en son envoi la note originale, et ce fut pour Cardona comme une sorte de première consécration officielle de sa vocation.

Le voilà cette année au Salon d'Automne. Il y est modestement représenté et ne cache point la cruelle raison de la rareté de ses toiles. La vie, obstinément, le rappelle chaque jour à la tâche qui nourrit : l'idéal qui, lorsqu'il peut s'évader de son métier, lui

favorise l'occasion de camper ses belles et som-
maires filles d'Espagne, l'idéal, dis-je, ne satisfait
en lui que son impérieux désir de créer de la beauté
sans mélange, des œuvres où n'intervient pas l'ar-
rière-pensée du bénéfice immédiat. Il est sur ce

Morbidésse

point logé à l'auberge désolée ¡de bien des artistes,
mais il mérite de trouver sans retard cette tran-
quillité dont il rêve et qui nous vaudrait, avant peu,
des toiles certainement personnelles. Ce que nous
voyons de lui et ce que nous connaissions de sa pro-
duction, d'autre part, nous suffit à présager en cet
homme jeune, en ce jeune homme, une belle florai-
son prochaine! On se souvient peut-être de ces types
d'Andalouses et de Catalanes qu'édita jadis la
revue *Forma* de Barcelone. Cardona avait transposé
là toute sa filialité d'enfant prodigue, volontairement
exilé loin du pays natal, à la conquête de plus d'es-
pace et de plus de sévérité. Ces jeunes femmes sou-
ples sous le grand châle brodé de soies éclatantes, ces
filles brunes peignant leurs longs cheveux, ou som-
nolant aux heures chaudes sur les coussins fleuris,
étaient comme autant de vivantes personnifications où
l'artiste transposait sa tendresse pour tout ce qui évo-
que sa race. Et c'est dans cet art-là, en effet, qu'il faut
chercher son vrai tempérament, tous les signes de sa
personnalité. Il est resté, malgré son déracinement,
un fils d'Espagne, et c'est au spectacle des choses et
des êtres de là-bas que sa nature sait encore le plus
sincèrement vibrer. De son départ, il a tiré un grand
bienfait : il a su, plus tôt, se formuler. Il a pris, dans
des centres esthétiques qu'il ignorait, la force de
comparer, le sens de discerner ce qui, sur place, lui
eût peut être échappé. Les mélancolies du souvenir
l'ont, un jour, ramené à son art indigène et, mis en
garde contre de fâcheuses imitations, instruit par des
exemples pris sous d'autres cieux, il a puisé, en ses
sources autochtones, une inspiration qui, du coup,
lui a constitué originalité et saveur propre.

Mais il ne s'est point limité là. Paris et son paillettement déployé sous ses yeux comme aux plis d'un
manteau éblouissant, l'ont vite décidé a noter, d'un
trait nerveux et savant, les cambrures de ces belles

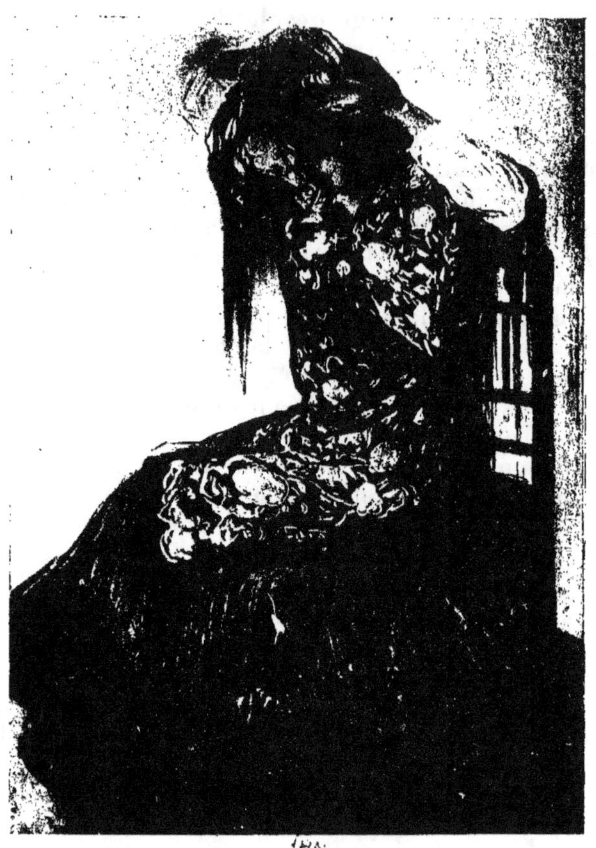

La Coiffure.

de nuit qu'on rencontre aux promenoirs, sous la
flambée des lustres, aux tables de bars, aux casinos,
où rugissent les orchestres ahurissants. Toute la
griserie factice de ces nuits de fêtes, la folie exhubé-
rante des musics-halls, le factice de ces joies sous le
fard desquelles grimacent des misères et des hontes

inavouées, ont suggéré au jeune artiste une série d'œuvres amères où le crayon enregistra avec autant de vérité cruelle que de preste habileté le clinquant des plaisirs parisiens et le chic morbide des *amuseuses*. C'est là un domaine où il évolue en jardinier avisé, qui, d'un sécateur adroit, coupe sur leurs tiges celles de ces fleurs de minuit qui corrigent par le plus de grâce et d'élégance l'âcre parfum où s'épanouissent leurs charmes vendus au plus offrant.

Quatre années de séjour en France ont suffi à cette formation en lui d'une optique et d'un goût qui procèdent par synthèse et ramènent la toile à quelques valeurs essentielles, prédominantes. Déshabitué en quelque sorte des splendeurs de son climat, il s'est exercé à considérer le modèle dans une lumière qui n'est point une lumière amortie, mais où les violences s'assagissent dans une chromatique tempérée, selon quoi chaque valeur, descendue de quelques tons, se rattache à une modalité relative qui reste juste et ne trahit point la vérité. Et, quand il revient à ses filles d'Outre-Pyrénées, c'est toujours là, indéniablement, de l'Espagne, une Espagne qui ne veut point faire valoir, par des procédés éclatants, mais faciles, le paillettement, au soleil des capas et des manteaux de toreros, mais qui sait pouvoir plaire — et intensement — par l'évocation de ces arrières-petites chambres, de ces *patios* reculés et frais où, dans la féeric des soirs décolorés, les coins d'ombre mauve se fleurissent du sourire des belles filles indolentes et passivement offertes à qui leur parlera d'amour.

Nul académisme en ceci! Une notation sobre, une distinction de coloris qui équivaut une signature. « C'est un Cardona », dit-on devant l'une de ces toiles et la constatation repose, non point sur une facture conventionnelle qui permet de reconnaître un *métier* fabriqué, toujours pareil à lui-même, mais bien plutôt sur une sensibilité distincte qui com-

Papillon de nuit

mande ici l'équilibration des plans, le choix des valeurs, le charme comme la vérité de l'œuvre.

*

Par ses toiles d'Espagne qui dénoncent un talent
profondément inscrit, et font présager un bel ave-

nir, par ses dessins où les élégances parisiennes le
reposent des morbidesses madrilènes, Cardona veut
— et il a raison de vouloir — conquérir une vaste
notoriété : Sa jeunesse, son courage, ce qu'on dé-
couvre ici de son œuvre, lui concilieront dès aujour-
d'hui l'attentive sympathie des amateurs.

Pascal FORTHUNY.

Fille d'Espagne

DÉSIGNATION

1 — Bouderie.
2 — Au jardin de Paris.
3 — La cigarette.
4 — Au bar.
5 — Promenade au Bois.
6 — Une midinette.
7 — L'attente.
8 — La musique aux Tuileries.
9 — Jeune mère.
10 — Une déjeuner aux Champs-Elysées.
11 — Au palais de glace.
12 — Petit trottin.
13 — Nounou.
14 — Rêverie.
15 — Aux courses de Taureaux.
16 — Les grands parents.
17 — Heureuse.
18 — Carmen.
19 — Au café.
20 — Far-niente.
21 — Préparatifs de Combat.
22 — Première au rendez-vous.
23 — Au Music-Hall.
24 — Chanteuse de café-concert.
25 — L'Attaque.
26 — La marchande d'oranges.
27 — Méditation.
28 — La lettre.
29 — Parisienne.
30 — Sur les boulevards extérieurs.
31 — La sérénade du pavé.
32 — A l'abbaye de Thélème.
33 — Au square.
34 — Minunette.
35 — Seule.
36 — Exhibition.
37 — Rieuse.

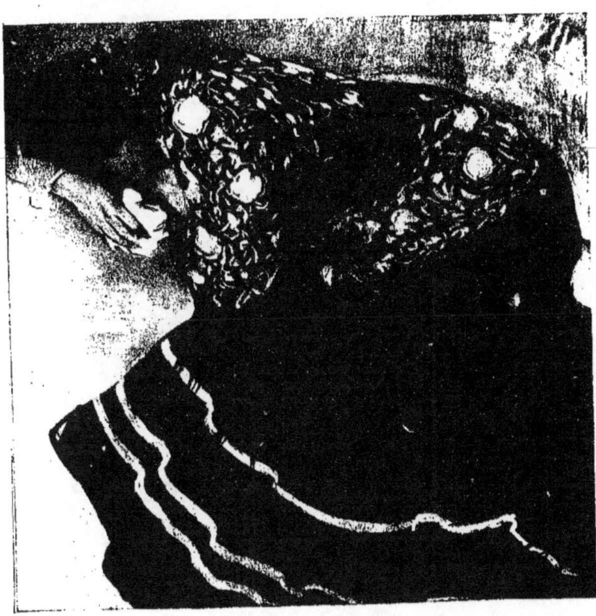

Espagnole.